AF310249

ANGÉLIQUE

ET

JEANNETON,

COMÉDIE-VAUDEVILLE EN QUATRE ACTES,

IMITÉE DU ROMAN DE M. PIGAULT-LEBRUN,

Par MM. Xavier, Dupeuty et de Villeneuve.

PREMIÈRE PARTIE.

MA COMMÈRE JEANNETON,

Comédie-Vaudeville en deux Actes.

DEUXIÈME PARTIE.

ANGÉLIQUE,

Comédie-Vaudeville en deux Actes.

REPRÉSENTÉE POUR LA PREMIÈRE FOIS,
SUR LE THÉATRE DU VAUDEVILLE,
LE 24 NOVEMBRE 1830.

PRIX : 2 FR.

PARIS,

R. RIGA, LIBRAIRE,
BOULEVARD POISSONNIÈRE, N° 1.
J.-N. BARBA, AU PALAIS-ROYAL.

1831

<table>
<tr><td>

PERSONNAGES.

</td><td>

ACTEURS.

</td></tr>
</table>

DANS MA COMMÈRE JEANNETON.

M. JULES DELAUNAY , homme de lettres.	M. FONTENAY.
GRATIEN, garçon charcutier.	M. BERNARD-LÉON.
LA MÈRE GIBOU , fruitière.	Mme GUILLEMIN.
JEANNETON , sa fille.	Mlle BROHAN.
MAGLOIRE, domestique.	Mr ARNAL.
Mme TREDIER , sage-femme.	Mme LACAZE.

COMMÈRES ET GENS DE LA NOCE.

La scène se passe à Paris, de 1802 à 1803.

DANS ANGÉLIQUE.

M. DELAUNAY, homme de lettres.	M. FONTENAY.
M. GRATIEN, capitaliste.	M. BERNARD-LÉON.
Mme GRATIEN, sa femme.	Mlle BROHAN.
JULES , leur fils , filleul de M. Delaunay.	Mlle CLARA.
ANGÉLIQUE , jeune ouvrière.	Mme THÉNARD.
LA MÈRE GIBOU.	Mme GUILLEMIN.

JEUNES GARÇONS, JEUNES FILLES ET CHŒURS.

La scène se passe à Paris, en 1830.

IPRIMERIE DE DAVID , BOULEVARD POISSONNIÈRE, N. 6.

MA COMMÈRE JEANNETON,

CMÉDIE-VAUDEVILLE EN DEUX ACTES.

ACTE PREMIER.

Premier Tableau.

(Le théâtre représente un salon élégant ; portes latérales et porte du fond.)

SCÈNE PREMIÈRE.

MAGLOIRE et MADAME TRÉDIER.

MADAME TRÉDIER.

Le médecin la quitte à l'instant... ça va bien... il est content, elle a repris ses couleurs, et la vue de son enfant semble la faire revenir à vue d'œil. Enfin, le docteur lui a permis de sortir aujourd'hui même.

MAGLOIRE.

Eh bien ! tant mieux ! C'te pauvre chère dame ! ça me fait plaisir, quoique ça ne me regarde pas, et je suis sûr que mon maître en sera enchanté.

MADAME TRÉDIER.

Parce que ça le regarde sans doute, lui.

MAGLOIRE.

Comment lui ? M. Delaunay ?

MADAME TRÉDIER.

Oh ! ce que j'en dis c'est sans tirer à conséquence... d'abord dans notre état de sage-femme, nous savons ce que c'est que la discrétion ; avec moi les enfans sont toujours venus sous une feuille de chou.

AIR : *vaudeville de l'Ecu de six francs.*

Les yeux fermés et la bouch' close,
C'est ainsi qu'on nous voit toujours,
Un' sag' femm' doit taire et pour cause
Le nom de ceux qui tous les jours
Arriv'ent sous le voil' des amours.

MAGLOIRE.

J'approuve fort votre maxime,
Mais vous n'm'apprenez rien d'nouveau,
Les enfans gard'nt l'incognito,
Quand les per's gardent l'anonyme.

MADAME TRÉDIER.

Quoi qu'il en soit, pour en revenir au petit bonhomme, le fait est qu'il ressemble à vot' monsieur : il a ses yeux, des yeux bleus superbes.

MAGLOIRE.

Cela se trouve bien, mon maître les a noirs.

MADAME TRÉDIER.

Il a aussi son nez.

MAGLOIRE.

Son nez ! vous connaissez bien le nez de mon maître ; je n'ai pas vu la mère, mais j'ai vu l'enfant ; l'bambin a l'nez gros comme ça. (*Il montre le bout de son petit doigt.*) Il sera camard, ce petit jeune homme là.

MADAME TRÉDIER.

Je ne préjuge rien, mais la ressemblance est frappante.

MAGLOIRE.

Ah ben ! par exemple ! si monsieur Delaunay vous entendait... c'est que c'est un homme vertueux, il est incapable... c'est-à-dire incapable... Mais mon maître est un philantrope , un ami de la morale... qui fait des romans ; je suis même sûr que d'son aventure avec la petite maman qu'est là-dedans, il va en composer un.

MADAME TRÉDIER.

Et quelle est cette aventure ? je serais bien aise de la connaître, pendant que ce n'est encore qu'une histoire.

MAGLOIRE.

J'peux vous dire ça à vous, parce que vous êtes discrète... que vous dirai-je ? imaginez-vous qu'il y a six semaines, mon maître et moi nous nous promenions... v'là que nous voyons un attroupement de monde ; monsieur se faufile pour savoir ce que c'était ; il voit une jeune fille qui se trouvait mal ; toutes les commères du quartier étaient déjà là ! l'une disait : Il y faut un bon bouillon ; l'autre un bon verre de vin ou un petit verre de queuq'chose ; un autre criait : Il faut la délasser, il faut la délasser !.. et la foule augmentait... Simple curiosité... on voulait faire retirer les hommes, mais la rue était libre et les hommes voulaient voir ; alors, monsieur me dit... Magloire va chercher un fiacre ; il charge deux commères d'accompagner la jeune fille et on la conduit dans la première hôtel garnie venue.

MADAME TRÉDIER.

Un hôtel garni ! que ne me suis-je trouvée là ! pauvre chère enfant ! je l'aurais emmenée , je l'aurais protégée , je lui aurais donné l'hospitalité aussi long-temps qu'elle aurait voulu.

MAGLOIRE.

Brave femme !

MADAME TRÉDIER

Car j'ai des pensionnaires... trois francs par jour , le sucre à part , et la nourriture non comprise. C'est égal, c'est un brave homme que monsieur Delaunay ; mais il la connaissait ?

MAGLOIRE.

Laissez-moi donc tranquille ! vous allez voir !.. sitôt qu'elle est revenue à elle , monsieur l'y fait une visite... il est très-poli, mon maître. Enfin , ce n'est qu'au bout de huit jours qu'elle lui dit ce que je vas vous dire. Il lui demande : Jeune beauté, où voulez-vous que je vous conduise ? Elle ne répond rien, mais se met à pleurer... Là-d'sus, avez-vous des pères et mères... qu'il ajoute.

MADAME TRÉDIER.

Ah ! voyons l'aveu !

MAGLOIRE.

Elle s'était sauvée de chez sa mère.

MADAME TRÉDIER.

De chez sa mère ?..

MAGLOIRE.

Vous savez la jeunesse est jeune, et les personnes du sexe ont comme ça des idées : elle aimait un freluquet... la mère ne voulait pas... la nature voulait... Que voulez-vous ? la jeune fille baissa les yeux ; monsieur qui est modeste , aussi fit de même ; mais en baissant les yeux il crut s'apercevoir. Enfin, si vous étiez un homme... mais vous n'êtes pas un homme et vous devez me comprendre,.. tant il y a qu'il n'était plus temps... et pour éviter les cancans des subordonnés du garni , monsieur prit une grande résolution ; il installa la jeune fille chez lui... ici... dans son appartement, et nous nous délogeâmes et nous furent-z-aussitôt prendre sa place, Hôtel de la Femme sans tête, et pour vous rachever, brave madame Trédier... le poupon qui crie dans la chambre à côté, doit vous apprendre assez la fin de l'aventure.

MADAME TRÉDIER.

Je vous assure, M. Magloire, que ce que vous m'avez conté là m'intéresse encore plus à cette pauvre petite Jeanneton.

MAGLOIRE.

Elle se nomme Jeanneton ! oh ! quel nom commun ! je n'aimerais pas m'appeler Jeanneton.

MADAME TRÉDIER.

Mais tout ça c'est des balivernes, et vous ne ferez pas accroire qu'un jeune homme comme M. Delaunay , qu'est aimable, qu'est riche , va céder comme ça son appartement gratuitement et pour cacher les peccadilles des autres... c'est invraisemblable

MAGLOIRE.

Mais puisque je vous dis...

MADAME TRÉDIER.

Laissez donc! Dieu merci, j'en ai assez vu des victimes de l'amour, je connais leurs ruses ..

MAGLOIRE.

Est-elle obstinée?   (*On frappe à la porte.*)

MADAME TRÉDIER.

On frappe, voyez ce que c'est... surtout ne laissez pas entrer... moi je vais porter un bouillon à notre convalescente. (*Elle prend une assiette sur laquelle est une tasse.*) Et vous avez beau faire et beau dire... je trouve qu'il y a quelque chose dans les yeux... suffit... je m'entends... mais ni vu ni connu...

SCÈNE II.
MAGLOIRE, DELAUNAY.

MAGLOIRE.

Ah! que ça fait enrager, quand on soutient des choses... (*On frappe de nouveau.*) Tiens! c'est vrai... je n'y pensais plus.   (*Il va ouvrir.*)

DELAUNAY, *à la porte.*

Peut-on entrer ?..

MAGLOIRE.

Ah! c'est monsieur! comment, entrer chez vous! il me semble que vous en êtes bien le maître!

DELAUNAY.

Tu sais que depuis que j'ai cédé mon appartement à cette jeune dame... je me suis fait une loi de ne point paraître ici... je n'ai pas voulu que la présence d'un homme fît donner une fausse interprétation à ma conduite.

MAGLOIRE.

Mais moi, monsieur, j' suis un homme.

DELAUNAY.

Oui... mais tes manières et ton physique te mettent au-dessus de la calomnie.

MAGLOIRE.

Vous êtes bien bon.   (*Il fait jabot.*)

DELAUNAY.

AIR : *d'Yelva.*

Puisque je l'ai reçue en cet asile,
Par moi toujours il sera respecté;
Elle est chez elle et d'ici je m'exile
Et je remplis avec fidélité
Tous les devoirs de l'hospitalité.
Si d'un service on veut la récompense,
Pour qui reçoit gardons bien le secret,
On perd ses droits à la reconnaissance
Quand on le force à rougir du bienfait.

Et comment ça va-t-il ?

MAGLOIRE.

Moi, monsieur, je me porte bien.

DELAUNAY

Imbécille, il ne sagit point de toi.

MAGLOIRE.

Ah! la jeune dame? monsieur, vous savez bien que vous m'avez défendu de chercher à la voir... cependant la sage-femme m'a dit...

DELAUNAY, *apercevant madame Trédier.*

La voici. (*A Magloire.*) Retire-toi.

MAGLOIRE.

Monsieur, je n'ai rien à faire.

DELAUNAY.

C'est égal. Va dans l'antichambre et que personne ne nous dérange.

MAGLOIRE.

Oui, monsieur, je n'ai rien à faire. (*Il se retire au fond et se tient sur la porte.*)

SCÈNE III.

LES MÊMES, MADAME TRÉDIER.

DELAUNAY, *à madame Trédier.*

Eh bien !

MADAME TRÉDIER.

De mieux en mieux !

DELAUNAY.

Vous m'enchantez, ma chère dame, et vous pouvez compter sur ma reconnaissance.

MADAME TRÉDIER, *à part.*

Sa reconnaissance... Plus de doute ! c'est le père ; on ne me trompe pas, moi.

DELAUNAY.

Et dites-moi, madame...

MADAME TRÉDIER.

Monsieur ?...

DELAUNAY.

Vous parle-t-elle quelquefois de moi ?

MADAME TRÉDIER.

De vous, monsieur ? la pauvre enfant ne fait que cela, elle en perd la tête.

DELAUNAY.

Comment ?

MADAME TRÉDIER.

Ce matin même, en rêvant, elle prononçait votre nom.

DELAUNAY.

Est-il vrai ?

MADAME TRÉDIER.

Gratien ! mon cher Gratien ! disait-elle... C'est sans doute votre nom de baptême.

DELAUNAY.

Nullement, je me nomme Jules.

MADAME TRÉDIER, *troublée.*

Ah ! pardon !...

MAGLOIRE, *à part.*

Oh ! en v'là une bêtise !

MADAME TRÉDIER.

Je me serai trompée, elle ne prononçait pas bien distinctement.

MAGLOIRE, *à part.*

Oui, rattrape toi-z-à présent.

DELAUNAY, *à madame Trédier.*

Vous avez parfaitement entendu. (*A part.*) Elle appelle Gratien : ce garçon ne m'a donc pas trompé. (*Apercevant Magloire.*) Eh bien !

MAGLOIRE.

Monsieur ?

DELAUNAY.

Va chercher ton chapeau, j'ai une commission à te donner.

MAGLOIRE.

Mon chapeau...oui, monsieur. (*A part, en sortant.*) Que les femmes sont indiscrètes !

SCÈNE IV.

M. DELAUNAY, MADAME TRÉDIER.

DELAUNAY.

Ecoutez-moi, madame : comment vous nomme-t-on ?

MADAME TRÉDIER.

Madame Trédier, pour vous servir ; maîtresse sage-femme, autorisée par la Faculté, élève de Mᵐᵉ Lachapelle, rue des Francs-Bourgeois, n° 16, mon portrait est sur le devant... avec une toque et un grand schall... vous le reconnaîtrez bien, mais il n'est pas ressemblant.

DELAUNAY.

Eh bien ! madame Trédier, je désirerais parler à votre malade ; veuillez bien lui demander si elle peut me recevoir.

MADAME TRÉDIER.

Ah! monsieur, sans doute, vous le savez; elle est bien timide, bien craintive... mais pour vous! J'y cours et je vous rapporte sa réponse à l'instant. (*A part.*) Comment! ce n'est pas lui qui se nomme Gratien! oh! jeunes filles, jeunes filles! (*Elle sort.*)

SCÈNE V.

DELAUNAY, *seul.*

Allons, tout va bien! je suis content de moi! qui croirait qu'un jeune homme dans l'âge des passions, avec un cœur sensible, a protégé une jeune fille charmante; car Jeanneton est charmante, sans autre intérêt que celui qu'inspire le malheur... il y a cependant encore un autre intérêt qui m'a guidé, il le faut avouer, c'est celui de mon roman. Le fait est que la situation est piquante, et avec des développemens, des incidens que les circonstances feront naître...   (*Il écrit.*)

AIR : *De la Haine d'une femme.*

Préparons mon dernier chapitre,
J'imagine un enchaînement.
Qui pourra me fournir un titre,
Qu'on doit trouver neuf et piquant!
Je touche à ma dernière page,
Encore une bonne action;
Et bientôt j'aurai fait ce gage
Le dénouement de mon ouvrage
Et le bonheur de Jeanneton.

Ainsi je suis donc vertueux par calcul, généreux par spéculation... oui... mais par plaisir aussi, et ça me suffit.

SCÈNE VI.

DELAUNAY, MAGLOIRE.

MAGLOIRE, *mettant son chapeau sur la table.*

Monsieur, voilà mon chapeau.

DELAUNAY.

Porte cette lettre à l'adresse qu'elle indique.

MAGLOIRE.

Oui, monsieur... (*Lisant l'adresse.*) Monsieur, monsieur... connais pas! impasse... Péquet... impasse! encore un mot d'auteur... autrefois nous disions... le fait est que c'était un peu libre...   (*Il sort.*)

SCÈNE VII.

DELAUNAY, MADAME TRÉDIER, JEANNETON.

DELAUNAY.

Que vois-je ? Jeanneton!

AIR *du Voyage de la Mariée.*

Ah! ne tremblez pas!
Plus d'embarras,
Venez, Jeannette,
Tout est oublié
Par l'amitié;
Elle est discrette.

JEANNETON.

Ce moment est doux,
Mais près de vous.
Je me répète:
De tant de bienfaits,
Comment jamais
Payer la dette!

DELAUNAY.

De ce bienfait-là
Ah ! j'obtiens déjà
La récompense ;
Car ce prix flatteur
C'est votre bonheur
Et le silence.

ENSEMBLE.

JEANNETON.	DELAUNAY.
Je ne tremble pas,	Ah ! ne tremblez pas !
Plus d'embarras	Plus d'embarras,
Si pour Jeannette	Venez, Jeannette,
Tout est oublié	Tout est oublié
Par l'amitié ;	Par l'amitié ;
Elle est discrète.	Elle est discrète.

MADAME TRÉDIER.

Là ! asseyez-vous... Les fauteuils sont bons ici, n'est-ce pas ? (*A part.*) Moi, j'y dors parfaitement. (*Elle s'assied.*)

DELAUNAY.

Madame Trédier, je crois que quelqu'un là réclame vos soins.

MADAME TRÉDIER.

Le marmot ! oui, j'entends. (*A part.*) Ils veulent être seuls. (*Elle sort.*)

SCÈNE VIII.

DELAUNAY, JEANNETON.

(*Aussitôt après le départ de madame Trédier, Jeanneton tend silencieusement sa main à Delaunay, qui la prend dans les siennes.*)

DELAUNAY.

Ma chère Jeanneton, je crois avoir mérité votre confiance.

JEANNETON.

Que serais-je devenue sans vous, monsieur ?

DELAUNAY.

Eh bien ! si vous me regardez comme votre ami...

JEANNETON.

C'est sûr que vous l'êtes ! Oh ! monsieur Jules, comme j'avais de fausses idées !... Autrefois, quand je voyais un beau monsieur comme vous, bien habillé, je me disais : En voilà un qui cherche à duper les pauvres filles ; et à force de croire que ceux-là étaient trompeurs, je croyais que les autres ne l'étaient pas ; cependant ce n'est pas vous qui m'avez trompée et c'est vous qui m'avez secourue !

DELAUNAY.

Voyons ! Jeanneton, je vois qu'une idée pénible vous préoccupe ; confiez-moi votre pensée... n'est-il personne dont vous désiriez avoir des nouvelles ?

JEANNETON.

Ma mère, ah ! qu'elle doit être malheureuse !

DELAUNAY.

Elle ignorait donc entièrement...

JEANNETON.

Elle ignorait tout !.. jamais elle n'aurait voulu me le laisser épouser... nous nous aimions en cachette ; le dimanche quand nous allions danser ensemble, hors la barrière, à la maison du garde, il se trouvait toujours là par hasard ; et ma mère... oh ! si elle savait... elle me tuerait...

AIR : *Dans mon village.*

A Romainville, (*bis*)
Pour me conduire, il m'donnait l'bras.
Loin d'm'a mèr' qu'était ben tranquille,
Nous allions cueillir les lilas.
A Romainville. (*bis*)

A Romainville, (*bis*)
Il me m'nait sans prévoir l'avenir,
Mais s'égarer est si facile,
J'connus l'bonheur... et le r'pentir
A Romainville. (*bis*)

DELAUNAY.

Et ne désirez-vous pas avoir des nouvelles de lui ?

JEANNETON.

Non, monsieur...

DELAUNAY.

Pourquoi ?

JEANNETON.

Parce que je le croyais bien rusé, mais je ne lui croyais pas un mauvais cœur : depuis que je suis ici je lui ai écrit une fois pour l'avertir ; je lui disais vos bontés pour moi et il n'est pas venu.

DELAUNAY.

Il se nomme ?

JEANNETON.

Gratien !..

DELAUNAY.

Vous ne l'aimez donc plus ?

JEANNETON.

Si, monsieur, je l'aime toujours.

DELAUNAY.

Et s'il n'était pas coupable ?

JEANNETON, *avec un air d'incrédulité.*

Oh ! monsieur...

DELAUNAY.

Si c'était moi qui l'avais empêché de vous voir...

JEANNETON.

Vous !.. (*D'un air brusque.*) Par exemple !

DELAUNAY.

Il en est cependant ainsi... oui, il est venu, Jeanneton, non près de vous, mais près de moi; non une fois, mais tous les jours, et c'est moi qui lui ai interdit votre porte, car j'ai mieux aimé chagriner votre cœur que de porter atteinte à votre réputation.

JEANNETON, *se levant avec émotion.*

Oh ! que vous êtes bon !.. c'est vrai, il est venu !   (*Elle lui serre la main.*)

DELAUNAY.

Que faites-vous ?

SCÈNE IX.

LES MÊMES, MAGLOIRE.

MAGLOIRE, *tout essoufflé.*

C'est moi, monsieur... (*Apercevant Jeanneton.*) Oh ! la voilà ! qu'elle est jolie !...

DELAUNAY.

Eh bien !

MAGLOIRE.

Il est là, c'est un homme du peuple; il n'ose pas entrer parce qu'il est mal mis... quand je lui ai donné la lettre, il est devenu tout rouge et puis tout pâle... et puis il m'a fait courir tout le long de la rue, que nous en sommes essoufflés l'un et l'autre.. Il est fou, cet homme-là; après avoir tant couru que ça,.. une fois arrivé, il n'osait plus avancer... c'est un original.

JEANNETON.

C'est lui.

MAGLOIRE.

Qui lui ?..

DELAUNAY.

Qu'avez-vous ? vous voilà toute tremblante.

JEANNETON.

C'est que c'est lui... j'en suis sûre. .

MAGLOIRE, *à part.*

Eh bien !... la petite mère !.. oh ! elle est superbe , cette femmel-à !

JEANNETON.

Le voilà !

SCÈNE X.

LES MÊMES, **GRATIEN**, *en garçon charcutier; il a les yeux baissés et tient son bonnet à la main.*

DELAUNAY, *qui a été au-devant.*

Entrez , entrez, monsieur Gratien.

MAGLOIRE, *à part.*

Il n'est pas si bien qu'elle.

GRATIEN, *à part.*

C'est drôle , l'effet que ça me fait.

JEANNETON, *sans le regarder.*

Comme le cœur me bat !

GRATIEN.

Mamzelle Jeanneton !

JEANNETON

Monsieur Gratien !

GRATIEN, *après avoir cherché une phrase.*

Et... et... comment vous portez-vous ?

JEANNETON.

Pas mal, et vous-même, monsieur Gratien ?

GRATIEN.

Comme vous voyez.

JEANNETON.

Enfin, je vous retrouve donc ?

GRATIEN, *toujours ému.*

Vous êtes bien honnête !

JEANNETON.

Je vous en voulais de votre absence, mais on m'a dit que vous étiez venu.

GRATIEN.

Ah ! mamzelle, je ne faisais pas une course chez une pratique sans passer par ici... ça allongeait la route, je n'y regardais pas; aussi ils peuvent se vanter d'avoir mangé du boudin froid et de la sauce figée, les bourgeois ; ils ne me donnaient pas pour boire... ça m'était égal ! je n'avais pas le cœur à la boisson.

JEANNETON.

Vous avez dû être bien inquiet ?

GRATIEN.

Ah ! mamzelle, j'ai failli en faire une maladie !.. il n'y a que la santé qui m'a sauvé. . j'étais comme un aveugle qui a perdu son... bâton; je ne savais où j'allais ; le soir, dès que la boutique était fermée, je vaguais dans les rues sans songer au chemin que je prenais, ni à la froid qu'il faisait.

AIR : *Montagnard* de la Fiancée.

Ah! ah! pour vous que de fois
J'ai soufflé dans mes doigts!
Pour aimer de la sorte,
On n'en trouv'rait pas trois.
Je gelais,
J'grelotais,
J'm'enrhumais,
Je toussais.
Mais d'vant l' marteau d'votr' porte

Toujours je revenais ;
La patrouill' qui passait
Me voyait,
M'empoignait,
Et même au violon me mettait:
Mais l'lendemain, r'brûlant de tendresse,
Je r'venais chanter d'tout mon cœur :
C'est là qu'est ma maîtresse,
C'est là qu'est le bonheur.

JEANNETON.

Et moi! j'ai bien pensé à vous.

GRATIEN.

Oh! moi! Me trouvez-vous maigri, mamzelle?

JEANNETON.

Non.

GRATIEN.

Vous... j'ai cependant bien pleuré.   (*Ils pleurent tous deux.*)

JEANNETON.

Et maman, comment va-t-elle ?

GRATIEN.

Elle crie, elle tempête... mais l'appétit est bonne... et la preuve, c'est qu'elle m'a commandé pour ce matin des côtelettes aux cornichons... pauvre femme! elle va les manger de confiance sans penser que la sauce piquante a été tournée par la main d'un séducteur.

MAGLOIRE, *à part.*

J'étais bien sûre que madame Trédier avait tort... c'est lui qui est le père... je m'en vas lui prouver qu'elle avait tort et qu'elle n'est qu'une bavarde... Ces sages-femmes, c'est des vipères, c'est des aspics, hum!... mauvaise langue !   (*Il sort.*)

SCÈNE XI.

DELAUNAY, JEANNETON, GRATIEN.

DELAUNAY.

M. Gratien, que comptez-vous faire? comment agirez-vous pour votre fils ?

GRATIEN.

C'est un fils?.. Comment j'agirai ? d'abord je vas aller l'embrasser...

DELAUNAY, *le retenant.*

Tout-à-l'heure.

GRATIEN.

Ensuite je le reconnaîtrai, je lui donnerai mon nom... je lui donnerai mon état... je lui donnerai ma fortune, quand j'en aurai. Madame Gibou aura beau dire, elle ne m'empêchera pas d'être le père de mon enfant ; je travaillerai, j'amasserai de quoi... pour Jeanneton, vous pouvez être tranquille : aussitôt que sa mère aura levé la consigne, elle sera madame Gratien.

DELAUNAY.

Bien! très-bien, mon ami... touchez-la, vous êtes un honnête homme. Allons, Gratien, embrassez votre future.

GRATIEN.

Ah! bien volontiers.   (*Il l'embrasse.*)

DELAUNAY, *à part.*

Qu'il est heureux !

SCÈNE XII.

LES MÊMES, MADAME TRÉDIER, MAGLOIRE.

MADAME TRÉDIER, *une timbale à la main.*

Où est-il ?

MAGLOIRE, *à voix basse.*

Le voilà !.. il ne faut pas médire sans savoir...

MADAME TRÉDIER, *à part.*

Eh bien ! le petit ne lui ressemble pas...

DELAUNAY.

En attendant la noce , songeons au baptême.

GRATIEN.

Mais avant le baptême, je veux voir mon enfant.

MADAME TRÉDIER.

Ah ! monsieur , vous n'avez pas besoin de prononcer ce mot-là, c'est votre tête coupée.

GRATIEN.

Vraiment, c'est mon nez... c'est mes yeux , c'est toute ma tournure... Tu l'entends, Jeanneton ! on dirait qu'on m'a coupé la tête.. Oh ! que je serais heureux, si ce n'était c'te mère Gibou qui ne me sort pas de l'esprit.

DELAUNAY.

Eloignons ces idées , et songeons d'abord au baptême.

GRATIEN.

Oui , songeons au baptême... Ah ! mon Dieu ! nous n'avons pas de parrain.

AIR *du Tictac* (de Marie).

DELAUNAY , *à Jeanneton.*

Eh ! bien, donnez-moi votre main.
Devenez ma commère.
(*A Gratien.*)
Et vous, touchez-là, mon compère.
C'est moi qui serai le parrain.

TOUS.

Quel jour prospère !
Ah ! je l'espère,
C'est du plaisir
Pour l'avenir !

GRATIEN.

Mais voyons qui j'aurai
Pour la commère.

DELAUNAY.

Plus tard je vous dirai
Qui je prendrai.

GRATIEN.

Ah ! pour moi, tout déjà
Est d'un heureux présage !
En attendant l' mariage,
Me v'là toujours papa.

JEANNETON. (*Parlé.*)

Allons embrasser notre enfant.

ENSEMBLE.

DELAUNAY.	MADAME TRÉDIER.
Allons, donnez-moi votre main, etc.	Allons, donnez-moi tous la main,
GRATIEN.	L'compère et la commère.
Tenez, monsieur, voici ma main,	D'l'enfant monsieur s'ra l'second père ;
Devenez mon compère.	Il sera fier d'un tel parrain.
D'mon enfant vous s'rez l' second père ;	**MAGLOIRE.**
Il sera fier d'un tel parrain.	Allons, donnez-vous tous la main, etc.
JEANNETON.	**TOUS.**
Tenez, monsieur, voici ma main,	Quel jour prospère !
Nommez-moi votr' commère.	Ah ! je l'espère,
D'mon enfant vous s'rez l'second père ;	C'est du plaisir
Il sera fier d'un tel parrain.	Pour l'avenir !

(*Ils entrent tous dans la chambre de Jeanneton.*)

FIN DU PREMIER ACTE.

ACTE DEUXIEME.

(Le théâtre représente une boutique de fruitière orangère. On voit deux montres garnies de divers fruits ; à droite et à gauche, des fleurs, des rangées de poterie , des falourdes, des herbages, etc., et au fond, la rue.)

SCENE PREMIERE.

LA MÈRE GIBOU , plusieurs commères ; *elles entrent en se disputant.*

Air : *C'est charmant.*

ENSEMBLE.

MÈRE GIBOU.	LES COMMÈRES.
Taisez-vous, (*bis*)	Calmez-vous, (*bis*)
Je veux faire du tapage ;	A quoi sert tout ce tapage ?
Mon courroux (*bis*)	Calmez-vous, (*bis*)
Est bien naturel je gage ;	N'faut pas t'nir tête à l'orage.
Mais j'tiendrai tête à l'orage,	Commère, ce s'rait dommage
Quand j'devrais mourir de rage,	D's'abandonner à la rage ;
Rien n'm'empêchera, je gage,	Bientôt vous pourrez, je gage,
De crier plus fort que vous.	Vous consoler avec nous.

MÈRE GIBOU.

Air : *Une fille est un oiseau.*

Comm' les parens sont trompés !
Devais-j' croir' ça d'l'infidelle ?
Moi qu'avais trouvé pour elle
Un parti des plus zhuppés.
D'pis trente ans que j'sis frutière,
Ma conduit' fut toujours claire ;
Maint'nant j'vois de c'te manière
Tous mes plans d'bonheur détruits.
Après plus d' trente ans d'commerce,
C'est dur, dans l'état qu'j'exerce,
De n'pas en r'cueillir les fruits.

ENSEMBLE.

MÈRE GIBOU.	LES COMMÈRES.
Taisez-vous, (*bis*)	Calmez-vous, (*bis*)
Je veux faire du tapage, etc.	A quoi sert tout ce tapage ? etc.

PREMIÈRE COMMÈRE.

Tenez, mère Gibou, si votre Jeanneton vous a quittée, ce n'est pas sa faute, c'te pauvre enfant !

DEUXIÈME COMMÈRE.

J'crois ben , y avait pas une fille plus attachée et plus respectante pour sa mère sur tout le pavé d'Paris.

MÈRE GIBOU.

Et bonne à la pratique donc... pour colloquer z'aux chalands ses oranges ou ses cantaloups... c'était Saint-Jean bouche d'or, quoi ! et malgré ça, c'était si jeune, si ingénue... ça n'avait pas de défense... il s'ra survenu queuque god'lureau flâner dans la boutique, et au lieu d'emporter la marchandise, il aura emmené la marchande.

DEUXIÈME COMMÈRE.

Au fait, c'te pauvre colombe, elle ne se s'ra pas envolée toute seule...

MÈRE GIBOU.

Eune enfant pour qui j'avais tout fait, gouvernée, éduquée zet nourrie d'mon propre lait ; jour de Dieu ! mes commères, que c'te mijaurée-là ne se r'présente jamais d'vant moi, ou ben c'n'est pas à d'autres qu'elle aura affaire. Ah ! mes commères , les enfans d'aujour d'aujourd'hui sont bien ingrates envers leurs pauvres parentes, ça n'a pas plus d'attention... c'est la révolution qui a gâté toute la génération.

PREMIÈRE COMMÈRE.

C'est bien vrai, mère Gibou, les jeunesses n'ont pas pus d'respect et d'moralité que d'sus ma main; ils mangeraient pères et mères si l'on y mettait pas d'obstacles.

MÈRE GIBOU.

Aussi qu'elle vienne s'y frotter, l'effrontée! grâce au ciel, je n' manque pas d'cotterets, m'es œufs, mon fruit zet ma poterie, tout y passerait s'il le fallait.

TOUTES LES COMMÈRES, *l'entourant.*

Oh mère Gibou! mère Gibou.

MÈRE GIBOU.

Allons, allons... c'est vrai, mes commères, assez causé.

TOUTES LES COMMÈTES.

AIR *du Maçon.*

Allons, séparons-nous,
Dans le quartier dispersons-nous,
C'est ici que s'ra l'rendez-vous.
Tout c'que vous apprendrez
Vous me l'direz.
Promettez-moi que vous me l'direz,
Qu' sans hésiter vous me l'direz.
Allons, commère,
Plus de colère.
Pour vous calmer comptez sur nous,
Nous reviendrons auprès de vous.

(*Elles sortent toutes en bavardant entre elles.*)

SCÈNE II.

LA MÈRE GIBOU, *seule.*

Me v'là donc seule maintenaut dans c'te boutique, où autrefois j'avais toujours là c'te petite Jeanneton auprès de moi, où j'pouvais la gronder, la bougonner toute à mon aise le matin, le soir, à toute heure de la journée... elle ne soufflait mot... elle avait l'habitude... j' peux ben bougonner encore quand l'envie m'en prend... mais qui? n'y a pus personne pour m'écouter... c'est fini, je n'y ai plus d'plaisir, mes heures sont dérangées. (*Elle s'assied sur une chaise haute.*)

SCÈNE III.

MÈRE GIBOU, DELAUNAY, MAGLOIRE.

MAGLOIRE, *en dehors.*

Au panier fleuri, ça doit être ça. (*Bas à Delaunay.*) Attendez, notr' maître, je m'en vas voir.

DELAUNAY, *bas.*

Surtout pas d'imprudence.

MAGLOIRE, *bas.*

Soyez tranquille, je vas m'y prendre adroitement. (*Haut.*) Bonne femme, combien vendez-vous les pommes de reinette?

MÈRE GIBOU, *descendant de sa chaise avec précipitation.*

Lesquelles, mon bichon, vous faut-il? de la blanche ou de la grise? y en a pour tous les états... pour tous les rangs, les un's à six liards, les autres à six blancs.

MAGLOIRE.

Je m'en vas vous dire... mon maître et moi nous aimons beaucoup les fruits... les pommes surtout, et comme vous jouissez d'une très-brillante réputation de fruitière, nous nous sommes dit: Allons chez madame Gibou, car c'est ainsi qu'on vous appelle, n'est-ce pas bonne femme?

MÈRE GIBOU.

Oui, mon bonhomme, la mère Gibou connue dans tout le quartier pour sa probité, son intégrité z–et ses bonnes mœurs. (*Tirant un panier de sa montre.*) Voulez-vous ce panier-là ? c'est du Canada , mon chat...

MAGLOIRE.

Entrez, entrez, notre maître, voici madame Gibou et un panier de Canada. (*Bas.*) Elle a l'air d'être dans un assez bon moment; grâce à moi, vous pouvez lui parler.... C'est fort adroit, n'est-ce pas ? (*Il mange une pomme.*) Ah ! elles sont délicieuses ! Goûtez plutôt, notre maître.

DELAUNAY.

Il suffit... paie et laisse-nous...

MAGLOIRE, *payant.*

Voilà... nous disons que ça fait , oui, c'est bien ça... (*Il lui donne l'argent.*) C'est bon les pommes de reinette.

DELAUNAY, *bas.*

Allons , va-t-en , te dis-je, tu sais ce qui te reste à faire.

MAGLOIRE.

Oui, notre maître. (*Il sort en mordant dans une énorme pomme.*)

SCÈNE IV.

MÈRE GIBOU, DELAUNAY.

DELAUNAY, *à part.*

Il faut jusqu'à la fin remplir mon devoir.

MÈRE GIBOU, *à part.*

Eh ben! qu'est-ce qu'il a donc ce beau jeune homme! comme il me regarde? (*Haut.*) Est-ce que vous voudriez aussi d' mon fruit, mon p'tit ?

DELAUNAY.

Non, ma chère madame Gibou, ma visite a un but plus important ; je suis envoyé près de vous par une personne qui vous est bien chère, et si elle-même n'avait pas craint...

MÈRE GIBOU.

Jeanneton!.. vous sauriez ous qu'elle est?... (*A part en le regardant.*) Oh! mon Dieu ! si c'était là le god'lureau... O jour de ma vie... si c'était lui... (*Haut.*) Qu'euq' vous m' voulez? il n'y a pus de Jeanneton pour moi.

DELAUNAY.

Je m'attendais à vous trouver aussi sévère... la faute de votre enfant est grande , sans doute, mais elle n'est pas séule coupable. Vous-même, n'avez-vous aucun reproche à vous faire?.. cette sévérité excessive n'a-t-elle pas dû effrayer votre enfant et l'empêcher de revenir à vous ? d'ailleurs , si son cœur s'était engagé malgré elle... enfin s'il était était trop tard pour réparer une faute pardonnable peut-être, car celui qui la lui fit commettre avait à la fois mérité son amour et son estime.

MÈRE GIBOU.

Son estime!... Son séducteur, son suborneur; est-ce parce qu'il a de biaux habits?.. Est-ce qu'il croit qu'il n'y a pas un' justice aussi pour les pauvres gens?.. Eh vite, qu'on me l' nomme , qu'on me l' découvre, et quand il m'aura passé par les mains, j'irai me plaindre au commissaire, au juge-de-paix, à la gendarmerie, à tout l' gouvernement...

DELAUNAY.

Non , vous n'agirez point ainsi. Ne serait-ce pas augmenter encore la douleur de Jeanneton et la vôtre en rendant publique la conduite de votre fille ?

Air d'*Ielva.*

Vous êtes mère, ayez de l'indulgence ;
Jeannette , hélas ! a versé tant de pleurs :
Songez qu'on peut encor par le silence,
En les cachant , adoucir ses malheurs ,
Par le silence adoucir ses malheurs.
En pareil cas, bien loin d'être sévère,
Montrez plutôt un accueil indulgent,
Car le courroux et les cris d'une mère
Ne sauvent pas l'honneur de son enfant.

MÈRE GIBOU , *essuyant ses yeux.*

Comment, c' n'est pas vous? mais enfin, mon biau monsieur, qui donc qu' vous êtes, pour me parler comme ça?... N'y a qu'un moment encore, j' trépignais de colère, et j' sais pas comment ça se fait, je me sens toute oppressée... toute... et ne v'là-t-il pas que je pleure comme une bête à c' t' heure... (*Elle sanglotte.*)

DELAUNAY.

Revenez à de meilleurs sentimens envers la pauvre Jeannette ; elle pourra peut-être réparer ses torts envers vous... Consentez aussi à recevoir celui qui désormais sentira tout le prix de votre affection; il ne vous est pas inconnu, et si autrefois vous aviez eu moins d'ambition, vous pourriez maintenant presser sans regrets vos deux enfans dans vos bras.

MÈRE GIBOU.

Ah ! mon Dieu.... qu'euqu' vous me dites donc là.... Est-ce que ce p'tit coquin de Gratien... (*Avec colère.*) Jour de Dieu ! si je le savais...

DELAUNAY.

Maintenant ils sont riches, ils possèdent six mille francs, et il ne tient qu'à vous de les voir mariés et établis.

MÈRE GIBOU.

Six mille francs... Ma fille mariée!..

DELAUNAY.

Dites un mot... je vous la ramène.

MÈRE GIBOU , *avec trouble.*

Non, non, laissez-moi...

SCÈNE V.

LES MÊMES, **JEANNETON**, **MADAME TRÉDIER**.

(*Elles sont entrées sur le signe qne Delaunay a été faire dans le fond, à la fin de la scène précédente. Les commères viennent toutes regarder en dehors.*)

MÈRE GIBOU.

La v'là ! ah ! mon Dieu ! je ne sais pus où j'en suis, j' n'ai pas une goutte de sang dans les veines.

(*Pendant ce temps Delaunay a été prendre la main de Jeanneton, qui s'avance timidement et les yeux baissés.*)

DELAUNAY.

Air : *De la dernière pensée de Weber.*

Allons plus de contrainte,
Comptez sur mon appui ,
Et livrez-vous sans crainte
A la foi d'un ami.

(*A part.*)

ENSEMBLE. {
D'amour et de contrainte,
Mon cœur a tressailli.

JEANNETON.

Je me livre sans crainte
A la foi d'un ami.

(*Se mettant à genoux.*)

Qu'un repentir sincère,
Calme votre courroux;
Pardonnez-moi ma mère ,
Je suis à vos genoux.   (*reprise*)

DELAUNAY.

Allons plus de contrainte, etc.

JEANNETON.

D'amour et de contrainte, etc.

MÈRE GIBOU.

Grand Dieu ! quelle contrainte,
Dois-je m'attendrir ainsi!
Je n'éprouve qu'une crainte,
C'est d'pardonner ici.

Ciel! Jeanneton à mes pieds elle me tend les bras. Je crois que je vais céder. (*Appercevant Gratien qui entre.*) Heureusement voilà quelqu'un qui me rend toute ma colère.

SCÈNE VI.

Les mêmes, GRATIEN *accourant; il tient à la main une casserole recouverte.*

GRATIEN.

Mère Gibou, j'apporte comme vous me l'avez demandé vos côtelettes. (*Appercevant Jeanneton et Delaunay.*) Que vois-je? ma femme et M. Delaunay! (*Présentant la casserolle en tremblant.*) Aux cornichons.

MÈRE GIBOU, *lui tenant l'oreille d'une main, et prenant un cotteret de l'autre.*

Approche! Ah! ah! c'est donc toi qui te donne les airs de plaire à Jeanneton?

GRATIEN, *toujours tremblant.*

Oui, mère Gibou!...

MÈRE GIBOU.

Ainsi garnement, il paraît que quand on vous refuse son consentement, vous le prenez sous votre bonnet?

GRATIEN, *toujours tremblant et ôtant son bonnet, après avoir regardé tout le monde d'un air timide.*

Oui, mère Gibou.

MÈRE GIBOU.

Tu n'es qu'un coquin... qu'un séducteur!

GRATIEN.

Moi un séducteur! Eh bien! oui, mère Gibou, je suis un séducteur! tuez-moi, assommez-moi, je ne me plaindrai pas! ça a été plus fort que moi, j'aime ma Jeannette plus que la vie; vous êtes sa mère, vous pouvez me la ravir, je le sais, mais mon fils est à moi.

MÈRE GIBOU.

Son fils! Comment il y a un petit bonhomme?

GRATIEN *prenant la bercelonnette.*

Viens, mon fils, viens, mon sang; puisqu'on nous repousse, allons porter nos pas de l'autre côté des ponts... adieu, mère barbare!...

MÈRE GIBOU.

Veux-tu bien te taire, mauvais sujet, raisonneur, libertin? qu'est-ce qui t'a dit de t'en aller? Je t'ordonne de rester là... Qu'on me donne mon petit-fils!..

JEANNETON, *qui était restée timidement auprès de Delaunay, va prendre la bercelonnette des mains de Gratien.*

Maman, le voilà; nous tâcherons de vous consoler.

MÈRE GIBOU.

Il y a un petit bonhomme et ils vont s'marier. (*Elle va appeler de côté et d'autre dans la boutique en frappant dans ses mains.*) Je suis grand'mère, ma commère Catherine! je suis grand'mère, ma commère Fanchon, je suis grand'mère et je ne m'e doutais pas.

Air *de la Fricassée.*

Enfin j'vois donc, selon mon d'sir,
D'un p'tit poupon s'augmenter ma famille!
J'sens là qu'j'aim' encore plus ma fille,
Je suis grand'mère, ah! pour moi, quel plaisir!
Mon p'tit fieu comme je l'choy'rai,
Et comme je l' caresserai,
Avec le temps j'en aurai!
P't-êtr' deux, p't-êtr' trois, p't-êtr' dix,
P' êtr' plus que j' n'en voudrai.

(*Elle met les mains sur ses hanches, et danse la fricassée en reprenant le refrain.*)

Enfin j'vois donc selon mon désir.

SCÈNE VII.

Les mêmes, LES COMMÈRES.

Même air :

TOUTES LES COMMÈRES

Mais, commèr' qu'est-ce qu'il y a donc ?
Auriez-vous r'trouvé Jeanneton ?

MÈRE GIBOU.

L' mari, la femme et l' poupon,
C'est comme au bois,
L'on y va deux, l'on en r'vient trois.

(Dansant de nouveau et faisant danser les commères.)

Reprise. ENSEMBLE.

Enfin je vois donc selon mon d'sir.
LES COMMÈRES.
Comment. elle voit selon son d'sir

D'un petit poupon augmenter sa famille;
Enfin elle a retrouvé sa fille,
Elle est grand'mère, ah! pour elle quel plaisir!

MÈRE GIBOU.

Oh Dieu! le bel enfant, tenez le v'là qu'il rit maintenant.

MADAME TRÉDIER.

C'est que c'est tout votre portrait, mère Gibou.

GRATIEN.

Oui, belle-mère, c'est tout votre portrait et le mien aussi : c'est notre portrait à tous.

LES COMMÈRES, *se passant la bercelonnette et parlant à la fois.*

Oh ! le petit chéri! il est beau comme l'amour.

MADAME TRÉDIER.

Oui, mesdames, et il sera baptisé aujourd'hui.

DELAUNAY.

Il s'appellera Jules de son nom de baptême.

GRATIEN.

Et Gratien de son nom de famille.

MÈRE GIBOU.

C'est ça, la faute est faite, il faut la reparer.

(Jeanneton embrasse sa mère.)

AIR : *Du comte Ory.*

TOUS.

Allons, allons, vite prépa- { rez-vous, { rons-nous,
Partons, partons conduire les époux.

LES COMMÈRES.

Comme dans le quartier
Ça f'ra jaser, crier,
Le s'cret va s' publier
Par tout le monde entier.

GRATIEN.

Avec la femm' que j'aime,
Si j' fais contre mon gré
La noce après le baptême,
Plus tard je m' rattraperai.

TOUS.

Allons, allons, vite, { préparez-vous { préparons-nous
Partons tous, partons, conduisons les époux.

(Tout le monde sort excepté Delaunay.)

SCÈNE VIII.

DELAUNAY , *puis* MAGLOIRE.

DELAUNAY.

Ils vont tous être heureux, allons je suis content de moi , j'ai rempli mon devoir.

MAGLOIRE.

Ah ! me voilà , moi ! eh bien notre maître ! ça c'est-il bien passé avec la mère Gibou? elle a crié n'est-ce pas ? elle s'est emportée et elle fini par pardonner ?

DELAUNAY.

Oui mon ami , tout est oublié et dans une heure Jeanneton sera engagée à celui qu'elle aime.

MAGLOIRE.

Voyez-vous... c'est toujours comme ça avec ces femmes du peuple. Oh ! j'aime les femmes du peuple , moi !

DELAUNAY.

As-tu rempli ma commission ?

MAGLOIRE.

Oui, notr' maître ; v'là d'abord la corbeille de baptême qu' vous m'avez dit d'apporter. (*Il la dépose.*) Ensuite je suis été chez votre libraire, il m'a remis ces feuilles à corriger; c'est votre dernière nouvelle, celle que vous avez passé les nuits à écrire dans votre appartement du temps que mademoiselle Jeanneton...

DELAUNAY.

Il suffit... donne.

MAGLOIRE.

Les v'là ! chemin faisant je me suis amusé à lire. Ah ! notr' maître, qu'c'est joli, qu' c'est attendrissant! ça m'a fait verser des pleurs. Oh ! c'te jeune fille! est-elle intéressante... et elle aime, qui ? un gros pataut, un butor, tandis que c'pauvre jeune homme qui la chérit en seccret, qui aurait pu profiter de son avantage... eh bien, non... il se sacrific... il s' tait... Oh ! brave jeune homme ! va , aussi tout ça m'avait fait naître des idées... oh ! mais des idées !..

DELAUNAY.

On vient... silence , pas un mot de tout cela devant eux... Après la cérémonie du baptême, prépare tout pour mon départ.

MAGLOIRE.

Comment ! notre maître !.. partir ?

DELAUNAY.

Oui, ce soir même nous quitterons Paris; il le faut, mais tais-toi, te dis-je !..

SCÈNE IX.

LES MÊMES , MÈRE GIBOU , MADAME TRÉDIER , JEANNETON , GRATIEN, LES COMMÈRES ; *Jeanneton et Gratien en toilette de noce.*

CHOEUR.

AIR : *Vive ! vive l'Italie.*

Vive la cérémonie
Qu' nous célébrons en ce jour,
Et plus tard à la mairie
L' mariage aura son tour.

(*Pendant ce qui suit la musique continue en sourdine jusqu'à la reprise du chœur.*)

MÈRE GIBOU.

Allons ! mes petits enfans, fleurissez-vous, v'là d' la jonquille, d' la r'noncule et du pois de senteur: je veux que nous embaumions comme des parfumeurs.

DELAUNAY , *lui présentant la corbeille.*

Commère Gibou , voulez-vous accepter le cadeau du parrain ?

MÈRE GIBOU.

Comment, c'est vous qui êtes mon compère? c'est qu'il est gentil tout d' même! c'
garçon-là. (*Examinant la corbeille.*) Tout ça brille comme un soleil; vive les gens
comme il faut pour faire des cadeaux! embrasse-moi, mon poulot.

DELAUNAY.

Volontiers, commère. (*Il l'embrasse.*)

MAGLOIRE.

Respectable madame Gibou, si vous voulez me permettre.

MÈRE GIBOU.

Comment, toi aussi, mon petit, allons viens-y, bouffi. (*Elle l'embrasse.*) Quant à
toi, Jeanneton, j' te tiens quitte de tout, car tu l' sauras peut-être un jour comme
moi, y a tant de plaisir à pardonner à son enfant!

GRATIEN.

Maintenant, que chacun prenne sa chacune, et en avant, marche!...

CHOEUR.

Vive la cérémonie, etc., etc.

(*Tout monde sort.*)

FIN DU DEUXIÈME ACTE DE JEANNETON.

ANGÉLIQUE,

COMÉDIE-VAUDEVILLE EN DEUX ACTES.

ACTE PREMIER.

(Le théâtre représente une mansarde, une porte de cabinet de chaque côté : au fond, une porte et une fenêtre avec un rideau donnant sur la rue ; à gauche une cheminée, chaises, table, etc.)

SCÈNE PREMIÈRE.

JULES, *sortant du cabinet à gauche, et s'approchant avec précaution de la porte du cabinet à droite, qui est fermée.*

Elle dort encore ! il est cependant bientôt huit heures. Pauvre petite, elle a veillé si tard... Dam ! le samedi soir il faut préparer sa toilette du dimanche. (*Allant frapper à la porte.*) Mam'zelle Angélique.

ANGÉLIQUE, *en dedans.*

Qu'est-ce ?

JULES.

Il est temps de se lever... je m'en vais aux provisions pour le déjeûner. Je laisse la clé sur la porte.

ANGÉLIQUE, *en dedans.*

Me v'là ! me v'là

SCÈNE II.

ANGÉLIQUE, *sortant du cabinet à gauche.*

Tiens ! il est déjà parti. Heureusement qu'il ne sera pas long-temps.

AIR : *Le bon vieillard sentant sa fin.* (Violette, de Carafa.)

> Pour danser c' soir préparons-nous,
> Ma collerette est déjà blanche ;
> A Romainville il est si doux
> D'être bien mise le dimanche !
> Mon jupon neuf est repassé,
> Mon p'tit bonnet est d'jà plissé ;
> Ma toilette n'est pas superbe,
> Mais je n'veux pas fair' d'embarras ;
> Et pour aller danser sur l'herbe
> N'y a pas besoin de falbalas :
> N'faut pas d' cach'mire à la fillette,
> Au bal champêtr' on s' passe de ça,
> Quand le doux plaisir d'amourette
> Se trouve là !

Oh ! oui, nous nous amuserons bien... nous sommes si heureux... nous nous aimons tant... mais rangeons tout ça... et mettons vite le couvert... Qu'est-ce qu'il va apporter ? De la romaine, je parie... c'est ce qu'il aime le mieux... Ah ! mon Dieu !... et le saladier !.. l'eau de savon est encore dedans... Oh ! ce sera bientôt fait...

(*Elle ouvre la fenêtre, et se dispose à jeter l'eau de savon par la croisée.*)

Air : *Garde à vous.*

Gar' là-d'sous (*bis*)
Vous à qui le temps dure,
Qui d'vant une gravure
A flaner restez tous...
Gar' là-d'sous !
Fillett's qui le dimanche
Sortez en robe blanche,
Grand's dames en marabous ,
Gar' là-d'sous !

(*Elle jette l'eau par la fenêtre en répétant :*)

Gar' là-dessous !.. (*Parlé.*) Oh ! là, là ! je crois que je l'ai dit trop tard... (*Elle regarde par la fenêtre.*) Oui , tout est tombé sur un beau monsieur...

DELAUNAY , *en dehors.*

C'est abominable !.. impertinente !

MAGLOIRE , *de même.*

Bon... bien obligé !

ANGÉLIQUE.

Il m'a vue !.. ah ! je suis toute tremblante !.. Je ne me trompe pas... il monte l'escalier,.. et Jules qui n'est pas ici.. Vite , fermons la porte... il n'est plus temps... le voilà... où me cacher ?... (*Elle se tapit derrière le rideau de la fenêtre.*)

SCÈNE III.

ANGÉLIQUE , DELAUNAY , MAGLOIRE ; *ils entrent en colère.*

DELAUNAY.

Qui est-ce qui a osé se permettre... Morbleu !.. c'est trop fort... on l'a fait exprès !.. mon volume est tout abîmé !... premier exemplaire sur papier vélin !

MAGLOIRE.

C'est de la dernière indécence... tout sur le dos... (*Regardant de tous côtés.*) Personne !.. qui que vous soyez... locataire , je vous somme de répondre...

DELAUNAY.

C'est sans doute quelque servante grossière...

MAGLOIRE.

Quelque vieille femme de ménage !

DELAUNAY , *écartant violemment le rideau de la croisée.*

Que vois-je ?

MAGLOIRE.

Tiens ! c'est une jeunesse !

ANGÉLIQUE , *effrayée.*

Ah! monsieur, ne vous fâchez pas.

DELAUNAY , *à part.*

Pauvre enfant ! elle est toute tremblante...

ANGÉLIQUE.

Je vous en prie , n'allez pas faire votre déclaration chez le commissaire.

MAGLOIRE.

Au fait , nous en aurions le droit.

DELAUNAY , *prenant Angélique par la main et l'amenant sur le devant du théâtre.*

Excusez un premier mouvement... je suis un peu vif , voyez-vous !..

MAGLOIRE.

C'est fort désagréable !

DELAUNAY , *à Magloire.*

Veux-tu te taire ? (*A Angélique.*) Sans le vouloir je vous ai...

ANGÉLIQUE.

Vous m'avez fait peur, monsieur...

DELAUNAY.

Pauvre enfant !.. j'en suis désolé !..

DELAUNAY.

Après tout... c'est une petit malheur... il faut recevoir avec reconnaissance ce qui vient d'en haut

MAGLOIRE.

Et j'ai tout reçu... merci, mon bon ange!

DELAUNAY.

Comment vous nomme-t-on, mon enfant ?..

ANGÉLIQUE.

Angélique, monsieur...

DELAUNAY, *à part.*

Angélique... elle s'appelle Angélique.

MAGLOIRE, *de même.*

Elle s'appelle Angélique...

DELAUNAY.

Et vous habitez ce petit logement avec vos parens?

ANGÉLIQUE.

Non, monsieur.

DELAUNAY.

Vous y demeurez donc seule?

ANGÉLIQUE.

Oui, monsieur, toute seule... avec un jeune homme.

MAGLOIRE, *bas à son maître.*

Dites donc, monsieur, vous avez entendu... Oh! quelle naïveté... c'est inimaginable....

DELAUNAY.

Peut-être sommes-nous de trop ici... Retirons-nous... adieu, charmante Angélique !

AIR : *De la Villageoise somnambule.*

Jadis l'amour charmait aussi ma vie ;
Que je lui dus de pleurs et de beaux jours!
Mais je vous fuis... car ma tête est blanchie,
En cheveux gris on fait peur aux amours.

DELAUNAY ET MAGLOIRE.

Craignons ! (*bis*) d'effrayer les amours.

SCÈNE IV.

LES MÊMES, **JULES** ; *il arrive en chantant, un pain sous le bras et un panier rempli de provisions.*

JULES, *entrant en chantant.*

Je loge au quatrième étage,
C'est là que fi......

(*S'arrêtant tout court.*)

Eh bien ! qu'est-ce que j'vois ?..

(*Il laisse tomber tout ce qu'il porte.*)

DELAUNAY.

Ah! ah! il parait que c'est le jeune homme... Diable, mais voici une aventure...

ANGÉLIQUE, *à Jules.*

Qu'est-ce que vous avez donc? comme vous voilà en colère !..

JULES.

Laissez-moi... (*A Delaunay.*) Monsieur, que faisiez-vous là, quand j'suis entré ?

DELAUNAY.

Ma foi, monsieur, vous l'avez vu, j'embrassais la main de cette charmante enfant...

JULES.

Et qui vous en a donné la permission ?

ANGÉLIQUE.

C'est moi, donc!

JULES, *frappant du pied.*

C'est affreux, mademoiselle... et ça ne se pass'ra pas comme ça... d'abord , vous, monsieur, vous allez commencer par me donner votre nom et votre adresse.

ANGÉLIQUE.

Monsieur, ne l'écoutez pas, je vous en prie... si vous saviez comme il a mauvaise tête.

DELAUNAY.

Oh ! n'ayez pas peur... donner mon adresse, ce serait assez difficile , car dans ce moment j'arrive à Paris après une longue absence , pour cet ouvrage que je viens de faire imprimer, et je ne sais pas encore où je demeure... quant à mon nom, monsieur le jaloux... je puis vous le dire, si cela vous est agréable... on m'appelle Jules De-launay. .

MAGLOIRE.

Oui, monsieur, nous nous nommons Jules Delaunay, et nous sommes un homme de lettres.

JULES.

Jules Delaunay... ah ! mon Dieu ! ne demeuriez-vous pas il y a bien des années, rue Coquillière !..

DELAUNAY.

Il y a vingt ans environ , j'habitais effectivement ce quartier.

MAGLOIRE.

Oui , oui... au coin de la rue de la Jussienne, au premier sur le devant, maison de l'épicier , M. Prud'homme, un lâdre que je ne pouvais pas souffrir.

JULES.

Je n'en puis plus douter... c'est vous, dont ma grand'maman m'a si souvent parlé.

DELAUNAY.

Qui donc, votre grand'maman ?

ANGÉLIQUE.

Eh bien !... la mère Gibou !

MAGLOIRE.

La mère Gibou ! monsieur, c'est notre filleul ..

JULES.

Mon parrain... et moi qui vous cherchais dispute... voulez-vous me permettre de vous embrasser ?

DELAUNAY, *l'examinant.*

Comment ! ce jeune homme déjà si grand... c'est le fils de Jeanneton.

JULES.

Et de Gratien !

DELAUNAY.

Viens donc dans mes bras, mon garçon.

ANGÉLIQUE.

Et moi, mon parrain !

DELAUNAY.

Et vous aussi... (*Il les embrasse.*) Oh ! que de souvenirs ça me rappelle !

MAGLOIRE.

C'est étonnant, je n'aurais jamais remis votre filleul... il ne vous ressemble pas du tout.

DELAUNAY.

Pourquoi me ressemblerait-il ?

MAGLOIRE.

Oh ! rien... c'est l'idée de la sage-femme, qui me revient toujours.

DELAUNAY, *à part.*

Jules a donc quitté sa famille ? Je veux obtenir d'eux-mêmes quelques éclaircisse-mens... (*Haut.*) Mon cher filleul, je vais agir avec toi sans façons... Lorsque je suis ar-rivé, vous vous disposiez, je crois, à déjeûner... Eh ! bien , si tu le permets, je m'in-vite...

JULES.

Avec plaisir, mon parrain !

ANGÉLIQUE.

Je vais mettre le couvert.

MAGLOIRE.

Jeune homme, monsieur votre père est-il toujours dans la charcuterie ?

JULES.

Ah! ben oui!

MAGLOIRE.

Bel état.... Comme cet homme-là vous fabriquait une côtelette aux cornichons...., c'était à encadrer...

JULES.

Oui, mais il ne faut plus lui parler de ça maintenant...

DELAUNAY.

Bah! est-ce qu'il aurait fait fortune ?..

JULES.

Je crois bien.

MAGLOIRE.

Eh! ben, ça ne m'étonne pas... Tous ces farceurs de charcutiers deviennent millionnaires à présent... Témoin, ce beau passage qu'on nous a montré en descendant de diligence, rue du Bouloir... le passage Véra-Dodu...

JULES

Mes parens logent maintenant dans leur belle maison, qui fait le coin de la rue Saint-Georges et de la rue de Provence...

DELAUNAY.

Ah! c'est là, qu'ils demeurent maintenant... c'est bon à savoir!

(*Il a tiré son calepin et a écrit un billet au crayon.*)

ANGÉLIQUE.

Voilà la table prête.

TOUS.

A tahle! à tahle!

JULES.

Air : *Flamand* (de Mme de Lignolles).

D'ici, chassons l'étiquette,
C'est un déjeûner d'amis :
(*Il cherche.*)   Pas d'nappe ni de serviette...
Le couvert s'ra plutôt mis...

A table, quand nous serons tous
    Vite, rapprochons-nous...
Et que l'ennui ne puisse pas
    Se glisser à notre repas.

TOUS.

A table, quand nous serons tous, etc.

DELAUNAY, *à part.*

Adressons-leur ce billet... (*Haut à Magloire.*) Magloire, as-tu...

MAGLOIRE.

Oui, monsieur, j'ai faim...

DELAUNAY.

Il ne s'agit pas de cela..... As-tu les jambes encore assez agiles..... pour ne faire qu'une course d'ici...   (*Il lui parle à l'oreille.*)

JULES, *bas à Angélique.*

Il l'envoie peut-être acheter quelque chose... il est généreux, mon parrain...

MAGLOIRE.

Comment, vous voulez... Oh! monsieur...

DELAUNAY.

Va!.. et surtout que mon nom seul soit prononcé...

MAGLOIRE.

Me renvoyer au moment du déjeûner... Que les maîtres sont fantasques... N'importe! j'achèterai une brioche et des bigarreaux...

(*Il regarde son maître et les jeunes gens qui se mettent à table et reprennent en chœur.*)

TOUS, *excepté Magloire.*
A table, quand nous serons tous, etc.

(*Magloire sort d'un air contrarié.*)

SCÈNE V.

DELAUNAY, JULES, ANGÉLIQUE.

DELAUNAY, *assis au milieu d'eux.*

Ah! ça, maintenant, mes jeunes amis, nous voilà seuls et j'ai à vous parler sérieuse-ment.

JULES.

De quoi donc, mon parrain?

DELAUNAY.

D'abord, dites-moi, je vous prie, chez qui je me trouve ce matin; est-ce M. Jules ou Mlle Angélique qui me fait l'honneur de me recevoir à sa table?

ANGÉLIQUE.

Mon parrain, nous sommes chez nous.

DELAUNAY.

Comment, chez vous?

JULES.

C'est-à-dire, chez elle...

DELAUNAY.

Hein... ainsi donc, Jules... tu habites chez une jeune fille?..

JULES.

Dam! oui, mon parrain!

ANGÉLIQUE.

Il y a si long-temps que nous nous connaissons...

JULES.

J' crois ben... autrefois, quand mon papa n'était pas si fier, j'allais danser au bal de Sceaux. C'est-là que je fis la connaissance de mon Angélique... Ce n'était qu'une or-pheline... Mais dam!.. est-ce que je m'inquiétais d'ça moi?.. Je me suis habitué à l'ai-mer petit à petit...

ANGÉLIQUE.

Si bien, qu'on voulait le marier à une autre...

JULES.

Oui, mais si bien que je ne voulais pas, moi...

DELAUNAY.

Et depuis ce temps vous demeurez ensemble?

ANGÉLIQUE.

Certainement... chacun de notre côté: lui dans cette chambre... (*Elle indique la droite.*)

JULES, *indiquant la gauche.*

Et elle dans celle-ci...

DELAUNAY.

Bien, très-bien... Mais vous ne restez pas toujours ainsi séparés?

JULES.

AIR: *de Madame Duchambge.*

Le matin, lorsque je m'éveille,
Vite à sa porte je me rends...

DELAUNAY.

Mais, monsieur, quand elle sommeille,
Que faites-vous?..

JULES.

Dame, j'attends!
Après, sur la main je l'embrasse,
C'est mon bonheur tous les matins.

DELAUNAY.

Quoi !.. vous auriez tant d'audace !

JULES.

Puisque nous sommes voisins. (*bis.*)

DELAUNAY, *parlant.*

Mais le soir ?

ANGÉLIQUE.

Même Air.

Le soir, il me dit qu'il m'adore,

DELAUNAY.

Vous rougissez, j'en suis certain...

ANGÉLIQUE.

Oui, monsieur, car il veut encore,
M'embrasser comme le matin.

DELAUNAY.

Mais vous lui résistez peut-être ?..

ANGÉLIQUE.

Oh ! non !.. je lui tends les deux mains.

DELAUNAY.

Eh quoi ! vous osez lui permettre..,

ANGÉLIQUE.

Puisque nous sommes voisins ! (*bis.*)

DELAUNAY.

Ah ! c'est ainsi que vous employez tous vos instans?...

ANGÉLIQUE.

Sans doute, et nous sommes contens de notre sort..,Que pourrions-nous désirer ! il ne nous manque rien.

JULES.

Oh mon Dieu ! il ne nous manque rien!..

(*Ils soupirent tous deux. On se lève de table.*)

DELAUNAY, *à part.*

Je ne puis m'empêcher de rire de leur ingénuité... D'honneur, la situation est piquante,,. Je ne m'attendais pas à retrouver Paul et Virginie sous une mansarde de la rue Montorgueil; n'importe ! j'ai bien fait; et Jeanneton, j'espère, m'en saura gré.

ANGÉLIQUE.

Qu'est-ce que vous dites donc là, mon parrain ?

DELAUNAY.

Écoutez, mes enfans ; je ne chercherai point à vous cacher l'intérêt que vous m'inspirez... Pourtant je dois vous dire aussi que la société a ses lois, ses usages, et que vous y avez déjà manqué l'un et l'autre.

SCÈNE VI.

LES MÊMES, MAGLOIRE.

MAGLOIRE, *accourant.*

Me v'là ! me v'là !,. J'espère que je n'ai pas été long-temps... (*Regardant sur la table et à part.*) Bon, il y a encore du saucisson. (*Haut.*) Soyez tranquille, monsieur, il m'a dit qu'il allait venir... Il doit être sur mes pas,

JULES.

Il va venir... Qui donc ?

MAGLOIRRE.

Eh ! votre papa donc...

ANGÉLIQUE.

Monsieur Gratien ?

JULES.

Mon papa !.. (*A part.*) Eh ! bien... si c'est ça qu'il a été chercher pour notre déjeûner...

DELAUNAY.

C'est moi, mes amis, qui l'ai fait prier de venir.

JULES.

Vous! mon parrain! c'est abominable!.. Mais je vas lui parler, moi, à mon père, et s'il croit que j'épous'rai sa demoiselle Hamelin, nous verrons...

GRATIEN, *dans la coulisse.*

Mais il demeure donc au grenier, ce cher ami?

ANGÉLIQUE ET JULES.

C'est lui... sauvons-nous! (*Ils se réfugient chacun dans sa chambre, Magloire se lève et tire la table avec précipitation.*)

SCÈNE VII.

DELAUNAY, GRATIEN, JEANNETON, MAGLOIRE, UN GROOM.

DELAUNAY.

Je vais donc les revoir. L'idée de cette petite Jeanneton... si gentille... si naïve...

MAGLOIRE.

C'est vrai!.. et ce Gratien, si bon enfant... si rond, si simple...

GRATIEN, *paraissant à la porte du fond.*

Eh bien!.. personne pour nous annoncer?.. Figaro, mon garçon, annonce-nous toi-même. « Monsieur Gratien et Madame son épouse, propriétaires. » Que vois-je? Eh! c'est ce cher ami!

JEANNETON.

Monsieur Jules!.. c'est lui...

Air *de Mathilde de Shabran.*

TOUS.

Ah! quel plaisir de se revoir
Après vingt ans d'absence :
Ah! quel plaisir de se revoir :
Ce moment comble mon espoir!

GRATIEN.

Respectable ami... C'est notre compère!.. (*Bas.*) Oh! qu'il est mal logé!

JEANNETON, *à part.*

Oh! comme il a vieilli...

DELAUNAY, *à part.*

Oh! Jeanneton...

MAGLOIRE.

Oh! Figaro! quel genre!.. Comme les domestiques sont rapetissés! c'est tout au plus s'il a deux pieds, ce jeune homme-là!

JEANNETON.

Pourquoi donc être resté si long-temps loin de nous?

GRATIEN.

C'est vrai... Nous vous attendions tous les jours : demandez à Jenny...

DELAUNAY.

Jenny!.. Ah! c'est juste!

MAGLOÏRE, *riant à part.*

Ah! ah! ah!,. Jenny! quelle extravagance... Oh! pitié! pitié...

DELAUNAY.

En effet, mes amis, la séparation a été longue, mais elle était nécessaire...

GRATIEN.

Comment ça, mon estimable compère?..

DELAUNAY.

C'est que, je puis en convenir maintenant, j'aimais votre femme.

GRATIEN.

Vous aimiez ma femme!.. Pas possible... Dis donc, Jenny, il aimait ma femme! (*à Delaunay.*) Et ça va mieux?

DELAUNAY.

J'ai plus de cinquante ans, ma chère Jeannette...

GRATIEN.

Oui, oui... Jenny!..

DELAUNAY.

A mon âge on n'a plus guère que des souvenirs... je les ai recueillis... et j'en ai fait...

GRATIEN.

Qu'est-ce que vous avez fait de tout ça?..

DELAUNAY.

Selon mon habitude, j'en ai fait des romans...

GRATIÉN.

Vous avez fait des romans?... moi, j'ai fait des rues, des passages que vous traverserez probablement... Ils portent mon nom et celui de mon épouse, *rue Ninetta*, *passage Gratiano.* J'ai appris ça aux *Bouffa*, c'est tout ce que j'ai compris à la pièce...

DELAUNAY.

Ah ! vous avez...

GRATIEN.

Oui, mon cher... Un cabriolet à pompe, deux poneys pur sang et trois domestiques, sans compter mon second groom qui est plus petit que Figaro.

DELAUNAY.

Oh! alors vous devez être bien heureux...

JEANNETON.

Heureux! oui, mon ami... pourtant nous avons éprouvé un grand malheur.

GRATIEN.

Oui, mon cher... des peines de cœur, des chagrins domestiques! Notre fils... l'unique héritier de mon nom, nous a plantés là... le jour de ses fiançailles... Un chantier magnifique que j'allais lui faire épouser.

JEANNETON.

Oui, il nous a quittés, et depuis ce temps, nous n'avons pas entendu parler de lui...

GRATIEN, *tirant son mouchoir et se mouchant.*

Ah ! cette idée!.. On a beau être riche... très-riche... immensément riche...

DELAUNAY.

Mais si son cœur avait parlé pour une autre...

GRATIEN.

Pour une autre... à son âge, et sans mon autorisation...

DELAUNAY.

Mais si elle est digne de lui?

GRATIEN.

Oui... mais si elle ne l'est pas?..

JEANNETON.

Vous la connaissez?..

DELAUNAY.

Oui!..

GRATIEN.

Depuis long-temps?..

DELAUNAY.

Depuis ce matin.

GRATIEN.

Et... est-elle bien placée dans le monde?.. A-t-elle des alentours, un logement convenable...

DELAUNAY.

Son logement... vous le voyez...

JEANNETON.

Comment!.. nous ne sommes donc pas chez vous?

DELAUNAY.

Vous êtes chez elle!

GRATIEN.

Une mansarde... quelle horreur!.. au cinquième... c'est une femme de bas étage...

DELAUNAY.

Je ne suis pas si fier que vous, mon cher Gratien... car nous avons déjeûné ensemble... tenez, en voici les traces...

MAGLOIRE.

Elles ne sont pas mauvaises les traces... c'est du jambon et du saucisson de Lyon... voyez plutôt, M. Gratien...

GRATIEN.

Je ne sais pas... je ne m'y connais pas... je ne veux pas m'y connaître... tiens, c'est Magloire... Bonjour Magloire... dis-donc, ma femme, c'est Magloire... Est-il changé ce pauvre garçon... toujours laid!

MAGLOIRE, *à part.*

Merci! il croit qu'il est beau lui, parce qu'il est riche... très-riche... immensément riche... gros bêta!

JEANNETON.

Mon fils!.. où est-il ?

DELAUNAY.

Ici même... chez elle... et vous allez les voir.

GRATIEN.

Chez elle!.. Malheureux père, quelle tache pour ma famille !

SCÈNE VIII.

LES MÊMES, JULES, ANGÉLIQUE.

(*Delaunay va ouvrir à Jules, Magloire à Angélique.*)

JEANNETON.

AIR : *En ce tems-là (de la Fiancée.)*

Avancez, jeune fille !

GRATIEN.

Quels sont vos revenus ?

ANGÉLIQUE.

Je n'ai rien qu'mon aiguille...

JEANNETON.

Vos parens?

ANGÉLIQUE.

... J'n'en ai plus...

Je n'eus sur cette terre
Qu'un seul cœur qui m'aima,
Encor c'est un mystère.

JEANNETON.

Expliquez-nous cela ?

ANGÉLIQUE, *montrant Jules..*

Ce secret là...
Monsieur vous le dira ?   } (*bis.*)

GRATIEN.

Pas de parens!.. quelle horreur !.. et je souffrirais...

DELAUNAY.

Mais, mon cher Gratien, cette jeune fille !..

GRATIEN.

N'a pas le sou! . je tiens à l'argent et ma femme tient aux mœurs...

DELAUNAY.

Elle est sage...

GRATIEN.

C'est possible... mais nous n'en savons rien.

JULES.

Ah ! par exemple... papa... papa !

GRATIEN.

Silence !... jamais mon fils n'épousera une fille d'une naissance douteuse.

ANGÉLIQUE.

Mais, monsieur, ce que vous dites est une injure pour moi .

DELAUNAY, *à part.*

Pauvre enfant !

MAGLOIRE.

Monsieur Gratien !

GRATIEN.

Taisez-vous...

MAGLOIRE.

Oh ! pitié !... pitié !

ANGÉLIQUE.

Je me nomme Angélique Perrin, mes parens étaient honnêtes, et il y a de la cruauté à me rappeler le malheur qui me les a enlevés.

DELAUNAY, *à Magloire.*

Angélique Perrin...

MAGLOIRE.

Angélique Perrin...

DELAUNAY, *bas.*

Silence .. je saurai tout...

GRATIEN.

En tout cas, jeune fille, s'il a été en votre pouvoir de séduire, d'ensorceler mon fils... de lui faire oublier son rang dans le monde... je vous citerai devant le procureur du roi.

ANGÉLIQUE.

Votre fils... monsieur...

GRATIEN.

Sortez !

ANGÉLIQUE.

Je suis chez moi, monsieur...

GRATIEN.

C'est vrai.,. je n'y pensais pas... eh bien ! sortons !..

MAGLOIRE, *à part.*

Est-il bête ?

GRATIEN.

Mon fils, je vous somme de vous soumettre à l'autorité paternelle.

Air *de madame Stockhausen.*

Suivez-nous loin de ces lieux,
Obéissez, je le veux.

JEANNETON.

Mon enfant, c'est pour ton bien.

JULES.

C'est possibl', mais j' n'en crois rien.
Malgré mes pleurs, mes regrets,
On nous sépar' pour jamais.

ANGÉLIQUE.

Faut-il perdre tout espoir
Et ne plus le r'voir?

(*Ils vont pour se tendre les mains, Gratien les sépare.*)

ENSEMBLE.

GRATIEN , JEANNETON.
Sortez, sortez, suivez-nous,
Ou craignez mon courroux,
Et d'une autre, malgré vous,
Vous serez l'époux.

ANGÉLIQUE, JULES.
Quoi ! rompre des nœuds si doux !
Redoutons leur courroux,

Ah! plus de bonheur pour nous,
Nous n' s'rons pas époux.

DELAUNAY, MAGLOIRE.
Rompez des nœuds aussi doux,
Redoutez leur courroux,
Hélas, d'un autre que vous,
Il sera l'époux.

(Angélique rentre ehez elle, Gratien sort avec Jules, Jeanneton et Groom.)

SCÈNE IX.

DELAUNAY, MAGLOIRE.

(Ils se regardent tous deux un moment avant de parler.)

DELAUNAY.

Eh bien, Magloire?

MAGLOIRE.

Eh bien, monsieur?

DELAUNAY.

Te souviens-tu des amours de Jeanneton?

MAGLOIRE.

Et du beau charcutier...

DELAUNAY.

Allons prendre nos renseignemens, et retrouver la bonne grand-maman. Voilà pourtant où mène l'ambition.

MAGLOIRE.

Voilà cependant où conduisent les passages.

(Ils sortent tous deux. Le théâtre change.)

FIN DU PREMIER ACTE D'ANGÉLIQUE.

ACTE DEUXIÈME.

(Un site du bois de Romainville ; dans le fond, la maison du garde et l'endroit de la danse. L'orchestre environné de treillages. Sur le devant, des taillis, et un gros châtaignier à la droite du spectateur.)

SCÈNE PREMIÈRE.

ANGÉLIQUE, JULES, JEUNES GENS *des deux sexes.*

(On aperçoit tous les personnages assis en rond autour d'un saladier rempli de crême. Les garçons ont ôté leurs habits qui sont accrochés à des arbres. Les filles sont en blanc et simplement vêtues.)

CHOEUR.

Musique nouvelle de J. Doche.

Pour nous quel bonheur !
Que cet asile est enchanteur !
Amusons-nous, car cette journée est superbe ;
Ce feuillage épais
Rend l'air pur et le gazon frais ;
Et le plaisir près de nous est assis sur l'herbe.

ANGÉLIQUE.

A chanter, à danser, tout ici nous engage ;
Je vais vous dire, amis, la chanson du village.

CHOEUR.

Adopté ! adopté ! nous vous écoutons tous.
Elle va commencer : taisons-nous, taisons-nous !

ANGÉLIQUE.

Ecoutez, écoutez !

PREMIER COUPLET.

Simple bergère du hameau,
Le cœur en paix, vivait Annette :
Arrive un page du château ;
Il était jeune, il était beau ;
Alors soupire la pauvrette.
Bientôt il lui parle d'amour.
Je n'ai, dit-ell', que ma houlette ;
Beau pag', retournez à la cour.
Mais le beau page lui répète :

A quoi sert la grandeur ?
J'aime mieux la tendresse,
Un peu moins de richesse,
Un peu plus de bonheur !

DEUXIÈME COUPLET.

Aimant comme on aime à seize ans,
Ils rêvaient un doux mariage ;

Mais, hélas! de nobles parens
Veulent séparer les amans.
Il fallut fuir loin du village.
Le pag' qui voulait l'enrichir,
Lui dit alors : Ma chère Annette,
J' n'ai plus qu' mon amour à t'offrir.
(*Prenant la main de Jules.*)
Mais à son tour, ell' lui répète...
A quoi sert, etc.

(*A Jules.*) Ah! que vous avez donc bien fait de venir me rejoindre!

JULES.

Oui, on m'avait enfermé; mais j'ai sauté par la fenêtre.

ANGÉLIQUE.

Comment, monsieur!

JULES.

Ah! soyez tranquille; c'était au rez-de-chaussée. N'importe! qu'on cherche à nous séparer, maintenant!... Je ne connais plus rien : père, mère, oncle, tante.....

PREMIER JEUNE HOMME.

Aux barres! aux barres, messieurs!

PREMIÈRE JEUNE FILLE.

Et nous, à cache-cache, mesdemoiselles.

PREMIER JEUNE HOMME.

Qu'est-ce qui gardera nos chapeaux?

DEUXIÈME JEUNE FILLE.

Et nos schals, nos ombrelles? c'est incommode dans l' bois.

ANGÉLIQUE.

Je garderai les schals si l'on veut... car j'ai commencé une histoire bien intéressante, et je voudrais la finir.

JULES.

Alors, moi, je garderai les chapeaux.

CHOEUR.

Pour nous quel bonheur! etc.

(*Ils sortent en sautant.*)

SCÈNE II.

ANGÉLIQUE, JULES.

JULES.

Qu'est-ce que c'est donc que cette histoire si intéressante que vous aviez à finir?

ANGÉLIQUE.

C'est un livre que votre parrain a oublié à la maison..... Je n'ai fait qu'y jeter les yeux; mais ça m'a émue tout d'suite, car il s'agit de deux amans qui s'aiment, et que l'on contrarie dans leurs amours.

JULES.

Vraiment! voyons.....

ANGÉLIQUE, *lui montrant le livre.*

Le voici!.. j'en étais restée là!

JULES.

Voulez-vous que je continue?

ANGÉLIQUE.

Oh! je le veux bien ; mais il faut choisir une bonne place... sous cet arbre...

JULES.

C'est ça... (*Ils se placent sous le châtaignier, lisant.*) « Un garçon charcutier, « sans fortune, ne pouvait convenir à la fille d'une riche fruitière. » (*Parlant*). Toujours la fortune qui vient tout gâter... (*Lisant.*) « Bientôt ils se virent en cachette...

« Sans Argus, sans Mentor, livrés à eux-mêmes, l'occasion et l'amour s'en mêlant ,
« ils employèrent pour forcer le consentement de la mère ce moyen qui réussit
« presque toujours en pareil cas... » (*Se levant.*) Il y a un moyen, Angélique... si
nous pouvions le trouver...

ANGÉLIQUE.

Lisez !.. il y est peut-être...

JULES , *se rasseyant.*

Quelle belle chose que la lecture! (*Lisant.*) « Ils employèrent ce moyen qui réussit
« presqne toujours en pareil cas , et que mon lecteur devinera facilement. » (*Parlant.*) Devinez-vous ?

ANGÉLIQUE.

Non !

JULES.

Ni moi non plus.

ANGÉLIQUE.

Cherchons

JULES.

C'est ça... cherchons...

(*Ils se promènent quelques instans en réfléchissant.*)

JULES , *se frappant le front.*

AIR *nouveau.*

Je crois que je suis sur la route.

ANGÉLIQUE.

Voyons ce beau moyen... eh quoi !

JULES.

C'est un enlèvement sans doute !

ANGÉLIQUE

Eh bien !.. monsieur, enlevez-moi !..

JULES.

Mais , faut d' l'argent pour un voyage.

ANGÉLIQUE.

Et moi , faut que j' rend' mon ouvrage.

ANGÉLIQUE ET JULES.

Non, non, non, non, ce n'est pas ça ,
Cherchons encor ce moyen-là.

JULES.

Ça m'est égal, je m'obstine... il ne faut pas se décourager, ça doit être dans l'livre...
cherchons encore.   (*Il feuillète rapidement le volume.*)

SCÈNE III.

LES MÊMES, **LES JEUNES GENS** *de la scène première.*

AIR : **En Avant.**

En avant! en avant !
Partons tous gaîment ,
En avant , en avant !
Le bois est charmant.
En avant !
De Belleville à Menilmontant ,
Toujours en galoppant...
(*Ils remettent leurs habits et leurs chapeaux.*)

PREMIER JEUNE HOMME.

Voilà les ânes qui arrivent... Une partie d'ânes !

JULES.

Ah ! oui , c'est amusant les ânes... (*Regardant.*) Oh ! celui-là , comme il est beau..

TOUS.

Oh! le bel âne! le bel âne!...

SCÈNE IV.

LES MÊMES , MAGLOIRE, *entrant.*

MAGLOIRE,

Le bel âne ! le bel âne !.. J'arrive et j'entends crier de tous côtés. (*Regardant autour de lui.*) C'est une personnalité... Vous ici, notre filleul...

JULES.

Comme vous voyez... Mais les ânes nous attendent , et on les prend à l'heure...

MAGLOIRE , *le retenant.*

Vous ne me quitterez pas , j'ai à vous parler.

ANGÉLIQUE.

Mais comment avez-vous su que M. Jules...

MAGLOIRE.

Eh ! par votre portière, donc... C'est une femme bien aimable que votre portière ; d'un physique disgracieux, pas de dents, un peu louche, bête comme un pot... Mais elle cause bien politique.

JULES,

Et mon père ?..

MAGLOIRE.

Votre père aussi , cause bien politique, et le voilà qui me suit.

JULES.

Mon père !.. Il ne me dit pas ça !... Vite, vite, décampons! Adieu, monsieur Magloire.

(*Bruit au-dehors.*)

AIR : *Bonjour, mon ami Vincent.*

Entendez ces cris joyeux,
D'mes amis, la voix m'appelle...
ANGÉLIQUE,
Allons oublier près d'eux
Cette mauvaise nouvelle...
JULES.
Quoi, sous les verroux vouloir m'enfermer,
Quand le mois de mai r'vient pour nous charmer ;
L'oiseau n'se laiss' pas comme ça couper l'aile
Lorsque d'être libre il est encore tems....
Il dit dans ses chants:
« Voilà le printems,
« Prenons ma volée et la clé des champs ! »

(*Il se sauve avec Angélique en répétant :*)

« Voilà le printems ,
« Prenons not' volée et la clé des champs !

MAGLOIRE, *seul.*

Monsieur Jules !.. mais écoutez donc ! Ils sont déjà sur leurs ânes... et des ânes qui courent... Justement v'là mon maître et la mère Gibou... Pauvre vieille ! bonne et respectable vieille... est-elle ganache à présent !

SCÈNE V.

MAGLOIRE, DELAUNAY, MÈRE GIBOU, JEANNETON,
GRATIEN, *soutenant la mère Gibou.*

DELAUNAY *à part.*

Au moins elle, elle est toujours la même.

GRATIEN.

Malheureux enfant... où peut-il être ?

LA MÈRE GIBOU.

Je vous dis qu'ils sont ici.

MAGLOIRE.

C'est si vrai que je viens d'avoir celui de les voir.

JEANNETON.

Et vous ne les avez pas retenus ?

GRATIEN.

Et où sont-ils ?

MAGLOIRE.

Ils sont à âne !

GRATIEN.

A âne ?

MÈRE GIBOU.

Vous voyez bien , c'est innocent, c'est jeune, ça cherche à s'amuser.

DELAUNAY.

Ah ! sans doute !..

GRATIEN.

Dites plutôt qu'il va courir le guille-doux avec cette aventurière...

DELAUNAY.

Uue aventurière !.. allons, calmez-vous, Gratien... écoutez-moi... craignez d'avoir à vous repentir un jour de trop de précipitation ; cette jeune fille est honnête , j'ai pris des informations et je vous réponds de sa famille.

GRATIEN.

Tout cela est bel et bon... mais la famille Hamelin a notre parole.

MÈRE GIBOU.

Vot' mam'zelle Hamelin est une bégueule... et s'il ne l'aime pas ?

JEANNETON.

Du moins, il l'estimera... car, comme dit ce monsieur du faubourg St.-Germain qui nous a fait souscrire pour une cloche... le mariage n'est qu'un lien d'estime.

GRATIEN.

Ma femme a raison, et mon fils épousera Mademoiselle Hamelin , ou bien je le déshérite, et comme le fils banni, bientôt, nouvel enfant prodigue , il sera réduit à garder ces quadrupèdes immondes.

DELAUNAY.

Qui ont commencé la fortune de son père...

GRATIEN.

C'est bon !

MAGLOIRE.

Certainement que c'est bon... c'est très-bon.

MÈRE GIBOU.

Jour de Dieu ! c'est vous qui parlez comme ça ?..

JEANNETON.

Et pourquoi pas ?

MÈRE GIBOU.

Tu oses le d'mander , mijaurée ! je n'y tiens plus...

GRATIEN.

Belle-mère , je vous en prie, voyez avec qui vous êtes... avec des gens bien couverts.

MÈRE GIBOU.

Et si tu m'fais pitié avec tes grands airs et tes beaux habits !

Air : *Je voulais bien.*

Ça t'allait bien (*bis*)
Quand tu f'sais la cour à Jeannette,
Ton tablier, ta gross' casquette
Et mêm' ta veste d' faubourien ,
Ça t'allait bien. (*bis*.)
Mais maintenant paré comme un' châsse
Quand tu ris tu fais la grimace...
T"as l'air du marquis d'Carabas.
Ça n'te va pas. (*bis*.)
Non, non, non, non, ça n'te va pas,
Non, mon garçon, ça n'te va pas,
Non, non, non, non... ça n'te va pas.

JEANNETON.

Ma mère !

MÈRE GIBOU.

Et toi, madame d'la morale.

Même air.

Ça t'allait bien , (*bis*)
Tes yeux baissés... ta p'tite prière ,
Et même une larme pour ta mère,
L' jour de ta noce avec Gratien ,
Ça t'allait bien. (*bis*.)
Mais maint'nant qu' tu fass' la sévère
Pour un' jeunesse un peu légère
Qui n'a pas mêm' fait un faux pas...
Ça n'te va pas. (*bis*)
Non, non , non... ça n'te va pas ;
Non, non, ma fill', ça n'te va pas,
Non , non , non , non .. ça n' te va pas !

GRATIEN.

On voit bien , mère Gibou, que vous avez conservé les traditions de la place Mau-
bert ; et puisque vous me poussez à bout, je vous dirai que vous rappelez le ton et
le langage de madame Angot.

MÈRE GIBOU.

Mame Angot !.. Eh bien ! oui , je suis mame Angot ; mais tu n'en s'ras pas moins
Jean-Jérôme Gratien, ancien garçon charcutier, fabricant d' boudins , d' cervelats.

MAGLOIRE,

Et de côtelettes aux cornichons.

MÈRE GIBOU.

Et elle, Marie-Jeanne-Catherine Gibou, qu'a porté la hotte sus l' pavé de la halle.

GRATIEN.

Mère Gibou , vous nous compromettez.

Air *des Poletais.*

D' vant nous
Taisez-vous ,
Ne faites pas tant de scandale ,
Un' dam' de la halle
N'est pas l' Pérou ,
Madame Gibou.

JEANNETON.

Pas tant de courroux.

MÈRE GIBOU.

J' veux crier, faut que j' m'en régale ,
Au diable allez tous,
Et demeurons chacun chez nous.

MAGLOIRE, *parlant à la mère Gibou*

REPRISE.

ENSEMBLE.

GRATIEN.
D'vant nous, etc.

JEANNETON.
D'vant nous
Taisez-vons,
Ne faites pas tant de scandale ;
D'un' dam' de la halle
Je n'ai ni le ton ni les goûts.

MÈRE GIBOU.
D'vant nous
Taisez-vous,
Ne faites pas tant de scandale :
D'un' dam' de la halle
La mère Gibou
A l'air et l' goût.

MAGLOIRE.
D'vant nous
Taisez-vous,
Ne faites pas tant de scandale ;
Des gens de la halle
Nous n'avons le ton ni les goûts.

(*La mère Gibou prend le bras de Delaunay, et ils sortent avec Magloire.*)

SCÈNE VI.

JEANNETON, GRATIEN.

JEANNETON.
Avec tout ça, voilà maman fâchée contre nous.

GRATIEN.
Je m'importe peu, qu'elle se fâche, qu'elle soutienne son vaurien... je romps dès ce jour avec elle et avec lui... et ne vois plus en elle que la mère Gibou !

JEANNETON.
Monsieur Gratien, nous devons tenir un peu à l'amitié de ma mère.

GRATIEN.
Un peu... d'accord ! mais après sa conduite de tout-à-l'heure, que nous reste-t-il à faire ? de nous en aller... allons-nous-en, mon épouse.

JEANNETON.
Comme il vous plaira, monsieur Gratien.

GRATIEN.
Je suis harrassé... fatigué... j'ai besoin de mon canapé, de mon sopha, de mon divan... Connaissez-vous le chemin, madame? je ne sais pas seulement dans quel endroit ils nous ont amenés... Quel est ce bois ?

JEANNETON.
Mais, c'est celui de Romainville, il me semble.

GRATIEN.
Pas possible... comment diable l'ont-ils donc arrangé ? je n'y reconnais plus rien... ça veut aussi se mêler de bâtir des forêts.

JEANNETON.
Et moi, je m'y reconnais. . Ah ! monsieur Gratien, nous l'avons parcouru assez de fois ensemble.

GRATIEN.
C'est vrai, quand nous étions jeunes, amoureux, un peu communs. (*Il s'assied sur*

le banc du châtaignier, tandis que Jeanneton court au fond du théâtre pour tout examiner. A part.) J'ai les membres vermoulus !

JEANNETON.

Voici la maison du garde... le tournebride ! le chemin qui conduisait... oh ! tous mes souvenirs reviennent en foule.

GRATIEN, *se levant.*

Dis donc, ma femme... voilà un livre que je viens de trouver sur ce banc... et le croiras-tu ? ce livre c'èst notre histoire... pourtant je crois l'ouvrage un peu égrillard.

JEANNETON.

Comment notre histoire ¿

GRATIEN.

Lis plutôt... la première page venue.

JEANNETON, *lisant.*

« Trompant les regards de sa mère, la jeune fruitière écoutait avec compalisance le « beau charcutier.»

GRATIEN.

Le beau charcutier !... il y a ça ? c'est bien écrit.

JEANNETON, *lisant.*

« Un jour, le jeune homme grava sur l'écorce d'un châtaignier son nom et celui de « sa maîtresse, et cet arbre devint le lieu ordinaire de leurs rendez-vous ! »

GRATIEN.

C'est vrai! Jenny ! te souviens-tu du fameux châtaignier ?

JEANNETON.

Il n'était pas loin d'ici.

GRATIEN.

Effectivement !

JEANNETON, *montrant l'arbre sous lequel Gratien était assis.*

Mais le voici !

GRATIEN.

Vrai!.. oh ! qu'il est grandi ! mais je ne me trompe pas... nos noms y sont encore... ils ont grandis aussi...

JEANNETON.

On reconnaît les lettres , cependant.

GRATIEN.

Oui... (*Lisant sur l'arbre.*) G. A. N. T. O. N. Jeanneton, je ne savais donc pas l'orthographe dans ce temps-là ?

JEANNETON.

Ah ! ça me rajeunit de dix ans.

GRATIEN.

Moi, de vingt... je ne sens plus la fatigue! je suis un jeune homme... un petit écervelé...

JEANNETON.

Te souviens-tu comme nous nous aimions alors ?

GRATIEN.

Oh! nous aimions-nous !..

JEANNETON.

Et comme j'étais bien avec mon barège et ma bouffante...

GRATIEN.

Et quand la mère Gibou t'empêchait d'aller à Romainville... c'te pauvre mère Gibou... lui en faisions-nous accroire, en gobait-elle de toutes les couleurs ?

GRATIEN.

Et moi... quel air martial , quand je criais en frappant sur la tnble : Garçon... une boutcille et deux verres... dépêchez-vous , garçon !

SCÈNE VII.

Les mêmes, **LE GARÇON**, *accourant avec une bouteille et deux verres.*

LE GARÇON.

Voilà, voilà, monsieur.

GRATIEN, *étonné.*

Qu'est-ce qu'il a? qu'est-ce qu'il nous veut, ce prolétaire?

LE GARÇON, *plaçant la bouteille et les verres sur a table.*

Dam! j'vous apporte ce que vous avez demandé, vous avez crié assez fort.

GRATIEN.

C'est juste, et ma foi, puisqu'il est tiré...

LE GARÇON.

Il faut le boire...

JEANNETEN

Non, mais le payer...

GRATIEN, *au garçon.*

Voilà un franc, le reste est pour toi.

LE GARÇON.

Merci, bourgeois.   (*Il sort.*)

SCÈNE VIII.

JEANNETON, GRATIEN.

GRATIEN.

Dis donc, Jeanneton.

JEANNETON.

Gratien!...

GRATIEN.

J'ai soif... personne ne nous voit...

JEANNETON.

A ton aise...

GRATIEN.

Voyons si je la reconnaîtrais.. (*Il boit.*) Je ne méprise pas la piquette, j'aime la piquette; ça gratte, mais ça fait plaisir. Elle est excellente... goûte-z'y...

JEANNETON.

Une larme seulement pour nous rappeler notre beau temps.

GRATIEN, *versant.*

C'est ça... trinquons comme les bonnes gens.

JEANNETON.

Les bonnes gens sont quelquefois les gens heureux!

GRATIEN.

Oui... (*Il boit.*) Je veux devenir bonhomme, moi; comme dit la mère Gibou qu'est si philosophe : ne pensons qu'à la joie. Vive le bois de Romainville! j'aime le feuillage... je suis fou de la nature et de ma petite Jeanneton.

(*Il lui prend la taille.*)

JEANNETON.

Et, moi de mon petit Gratien!

GRATIEN.

Je crois être dans mon printems, nous voir tous deux dans ce bois, comme il y a vingt ans, dans tout l'éclat de la fraîcheur et de la beauté... nous ébattant, dansant, batifolant et chantant l'air :

CHOEUR, *en dehors.*

· Qu'on est heureux
Qu'on est joyeux...
Tranquille
A Romainville,

Ces bois charmans
Pour les amans
Offrent mille agrémens !

GRATIEN.

Voilà la chansonnette
Qui nous mettait en train :
Ma Jeannette, répète
Avec moi ce refrain...

TOUS DEUX.

Qu'on est heureux.
Qu'on est joyeux,
etc., etc.

(En chantant ce refrain ils se balancent en faisant quelques pas en avant.
Jules, Angélique et les autres jeunes gens débouchent sur le théâtre
en dansant et se tenant deux à deux. Ils recommencent le refrain , et
Jeanneton et Gratien, entraînés par la circonstance, se mêlent dans
leurs rangs et dansent avec eux.)

SCÈNE IX.

JEANNETON, GRATIEN, ANGELIQUE JULES, JEUNES GENS
des deux sexes , puis , MERE GIBOU. MAGLOIRE, DELAUNNAY.

CHOEUR.

Qu'on est heureux,
etc., etc.

GRATIEN.

Dieu !.. mon fils !

TOUS.

Son fils !..

MÈRE GIBOU , *s'avançant.*

Oui , c'est ton fils... Eh ben, le père et le fils n'peuvent-ils pas danser à la même
contredanse? (*Aux jeunes gens.*) Mes enfans, vous avez couru trop fort... et j'suis restée en arrière , et c'est dommage.

MADAME GRATIEN.

Gratien, nous sommes redevenus de bonnes gens... laissons-là les grands airs ; car,
comme a dit ma mère tout-à-l'heure, ça ne nous va pas.

MADAME GIBOU.

Ma fille , c'est toi qu'as dit cela la première.

GRATIEN.

Oui, mais j'allais le penser, la nature l'emporte. Jules , je te donne en mariage Angélique et soixante mille francs.

JULES ET ANGÉLIQUE.

En mariage !

DELAUNAY.

Et moi , j'en donne autant à ma fille adoptive.

GRATIEN.

Autant que moi ! c'est humiliant. Je lui donne cent-vingt mille francs , et le quart
d'un passage.

MAGLOIRE.

Le passage Véra-Dodu ?

GRATIEN.

Non, un tout pareil, que je ferai peut-être bâtir.

MÈRE GIBOU.

Enfin, vous v'là donc tous devenus raisonnables !...

JEANNETON.

Oui, grâce à ce roman !

GRATIEN.

Et au châtaignier de Romainville.

MAGLOIRE.

M. Gratien , voulez-vous que je vous parle franchement... Vous avez reconquis mon estime.

CHOEUR GÉNÉRAL de tous les jeunes gens qui sortent du bois.

AIR *précédent.*

Pour nous quel bonheur !
Que cet asyle est enchanteur ! etc.

ANGÉLIQUE.

Enfin, messieurs, de notr' roman,
Nous somm's à la dernière page;
De vous l'reste dépend maint'nant.
Pour rendre heureux le dénouement ,
Soyez de moitié dans l'ouvrage :
C'est de la morale en chanson.
Ah ! que votre indulgence admette
Ce r'frain d'Angélique et Jeann'ton ,
Et d'main que chacun d'nous répète :

(*Angélique et Jeanneton s'avancent sur le devant de la scène.*)

A quoi sert la grandeur?
J'aime mieux la tendresse .
Un peu moins de richesse ,
Un peu plus de bonheur !

(*Reprise du chœur.*)

FIN.

9 782019 979225